一〇三歳になってわかったこと

人生は一人でも面白い

篠田桃紅

幻冬舎文庫

一〇三歳になってわかったこと　目次

第一章　一〇三歳になってわかったこと

第二章　何歳からでも始められる

第三章 自分の心のままに生きる

第四章　昔も今も生かされている

DTP　美創
構成　佐藤美和子

第一章

一〇三歳になってわかったこと

私には死生観がありません

これまで私は、長寿を願ったことはありませんでした。死を意識して生きたこともありません。淡々と、生きてきました。

今でも、死ぬときはこうしよう、死ぬまでにこういうことはしておきたい、などなに一つ考えていません。いつ死んでもいい、そう思ったこともありません。なにも一切、思っていません。

先日、死生観は歳とともに変わるのかと、若い友人に尋ねられました。

私は、私には死生観がないと答えました。

彼女はたいへんびっくりしていました。

考えたところでしようがないし、どうにもならない。どうにかなるものについては、私も考えますが、人が生まれて死ぬことは、いくら人が考えてもわかることではありません。現に、私になにか考えがあって生まれたわけではありませんし、私の好みでこの世に出てきたわけでもありません。自然のはからいによるもので、人の知能の外、人の領域ではないと思うからです。

さすがに病気にならないようにしようということぐらいは考えます。しかし、死なないようにしようと思っても、死ぬと決まっています。死んだ後の魂についても、さまざまな議論がありますが、生きているうちは、確かなことはわかりません。人の領域ではないことに、思いをめぐらせても真理に近づくことはできません。それなら私は一切を考えず、毎日を自然体で生きるように心がけるだけです。

生まれて死ぬことは、
考えても始まらない。

人間の知能の外、
人の領域ではないこともある。

百歳はこの世の治外法権

私も数えで一〇三歳になりました。

この歳まで生きていると、いろんなところで少しずつ機能が衰えます。老朽化していて、よく動いているものだと思います。

まだ生きているというだけでも、ありがたいことで、体が少し痛むのは当然のことです。私よりも若い人がどんどん亡くなっているのに、こうして生きているのですから。

生きとし生ける者、生物というものは衰えていく。これは真理。しようがないです。私たちの知恵ではどうすることもできません。

すべて下り坂になっても、年の功と言うように、歳をとって初めて得られるものはあるのか。この先、得られるものはなんなのか。ずっとそのことを考えています。

私は生涯、一人身で家庭を持ちませんでした。どこの美術家団体にも所属しませんでしたので、比較的、自由に仕事をしてきましたが、歳をとるにつれ、自由の範囲は無限に広がったように思います。自由というのは、どういうものかと考えると、今の私かもしれません。なにかへの責任や義理はなく、ただ気楽に生きている。そんな感じがします。

この歳になると、誰とも対立することはありませんし、誰も私とは対立したくない。百歳はこの世の治外法権です。

百歳を過ぎた私が冠婚葬祭を欠かすことがあっても、誰も私をとがめることはしません。パーティなどの会合も、まわりは無理だろうと半ばあきらめているので、事前の出欠は強要されません。当日、出たければ行けばいいので、たいへんに気楽です。しかも行けば行ったで、先方はたいそう喜んでくれます。

今の私は、自分の意に染まないことはしないようにしています。無理はしません。今日、明日のことでしたら、まだ生きているだろうと思うので、お約束しますが、あまり先のお日にちでの約束事はしません。

自由という熟語は、自らに由《よ》ると書きますが、私は自らに由って生きていると実感しています。自らに由っていますから、孤独で寂しいという思いはありません。むしろ、気楽で平和です。

自らに由《よ》れば、
人生は最後まで
自分のものにできる。

意に染まないことはしない、
無理もしない。

古代の「人」は一人で立っていた

私は、二十四歳で実家を出てから、ずっと一人で暮らしていますが、孤独をあたりまえだと思っています。一人の時間は特別なことではなく、わびしいことでもありません。誰かが一緒にいないと寂しくてたまらない、と思ったこともありません。ごく自然に、一人でいることを前提に生きてきました。

また、人に対して、過度な期待も愛情も憎しみも持ちません。

そもそも、人には、介入するものではない、と思っています。過度な期待を相手に抱けば、その人の負担になるかもしれません。ゆきすぎた愛情を注げば、その人の迷惑にしかなりません。相手は、よけいなことをしてくれていると、内心思っているかもしれません。しかし、世の中には、そうしたことに、気づかず、振る舞っている人がいます。悪意ではないから、誰も憎むことはできない。まわりが困っています。

漢字の「人」は、人は一人で生きられない、お互いに支え合って生きるものだから、二本の線が支え合って成り立っている、と言います。

しかし、古来の甲骨文字を見ますと、「人」という字は、一人で立っています。

一人で立っている「」は、横向きになって、両手を前に出して、なにかを始めようとしているように見えます。あるいは、手を差し出して、人を助けようとしているのかもしれません。

いずれにせよ、二本の線が支え合わないと成り立たない「人」とは違い、相手への過度な依存はしていません。
私には、古代の「人」のほうが、本来の人の姿だと思います。
古代の「人」のように、最期まで、一人で立っている人でありたいと願っています。

自らの足で立っている人は、
過度な依存はしない。

そもそも介入しない、
期待もしない、負担にならない。

この寂しさを観音様は微笑む

静かに笑っているように見える。見る側がそう感じる仏像があります。なんともいえない静かな微笑《ほほえ》みに、自分の寂しさを微笑んで受け止めてくれていると感じる。それだから人は、仏像を見ると自然と拝みたくなるのでしょう。

歌人の會津八一《あいづやいち》さん（明治十四～昭和三十一年）の歌に、法隆寺夢殿の救《ぐ》世《ぜ》観音を詠《よ》んだ歌があります。

天地《あめつち》にわれ一人いて立つごとき　この寂しさを君は微笑む

私は一人で天と地の間に立っている。この寂しさを観音様は微笑む、と詠んでいます。

會津さんという人は、ご自分の孤独をここまで客観視することができる。秀逸な歌だと思いました。一人で立っているという孤独感をつねに持っていた人でした。一生、結婚はされず、早稲田大学の教授で、お弟子さんはたくさんいましたが、偉くなりたいなどといった出世欲はない人でした。孤独に徹し、孤高の学者とも言われていました。

私は、渡米する前の一九五〇年代に、展覧会などで會津さんにお会いしました。渡米してまもなくニューヨークで手にした日本の新聞で、會津さんの訃報を知りました。

孤高の人でしたが、観音様をお連れにしていたのだと知りました。観音様もまた一人で立っている。この寂しさを君は微笑む、ほんとうの孤独を知っている人でなければ、こういう歌はつくれなかったと思います。

自分という存在は、
どこまでも天地に
ただ一人。

自分の孤独を、
客観視できる人でありたい。

歳をとるということは、創造して生きてゆくこと

百歳を過ぎて、どのように歳をとったらいいのか、私にも初めてで、経験がありませんから戸惑います。

九十代までは、あのかたはこういうことをされていたなどと、参考にすることができる先人がいました。しかし、百歳を過ぎると、前例は少なく、お手本もありません。全部、自分で創造して生きていかなければなりません。

歳をとるということは、クリエイトするということです。作品をつくるよりずっと大変です。すべてのことが衰えていくのが、歳をとるということなのに、二重のハンディで、毎日を創造的に生きていかなければなりません。

楽しいことではありませんが、マンネリズムはありません。

これまでも、時折、高村光太郎の詩「道程」を思い浮かべて生きてきましたが、まさしくその心境です。

僕の前に道はない
僕の後ろに道は出来る

私の後ろに道ができるとは微塵《みじん》も思っていませんが、老境に入って、道なき道を手探りで進んでいるという感じです。

これまでも勝手気ままに自分一人の考えでやってきましたので、その道を延長しています。日々、やれることをやっているという具合です。

日々、違う。
生きていることに、
同じことの繰り返しはない。

老いてなお、
道なき道を手探りで進む。

過去を見る自分の目に変化が生まれる

歳をとって、だんだんと失っていくものもありますが、得るものものもまったくないわけではありません。こうして失っていくということも、歳をとらなければわからなかったことです。あれができたのにもうできなくなった、と気づきます。自分というものの限界を知ります。

このところ、歳をとったことで初めて得られたもの、歳をとったらもう得られないもの、それらを達観して見ることができるようになりました。

達観するようになったというのは、歳をとって得たものの一つだと思います。若いうちはいくら客観視していたつもりでも、自らがその渦中にいますから、ものごとを客観的に見ることに限度がありました。

しかし、歳をとるにつれ、自分の見る目の高さが年々上がってきます。今までこうだと思って見ていたものが、少し違って見えてきます。同じことが違うのです。それは自分の足跡、過去に対してだけではなく、同じ地平を歩いた友人のこと、社会一般、すべてにおいてです。

たとえば、あの先人は私にこういう影響を与えたと思っていた。今は、私に与えた影響はそういうものではなく、こういうものだったと変わります。同じ過去が、十年前の九十代と今とではずいぶん違って見えます。ある人を思い起こすときも、その人の違った面が新たに見えてきます。もちろん変わらないものもありますが、過去を見る自分の目に変化が生まれました。

一方で、未来を見る目は少なくなります。若いときはたくさんの未来と夢を見ていました。あそこへ行ってみたい、あれを食べてみたい、こんな人に会いたい、こういう時間を過ごしたい。いろんなことを思います。しかし長く生きると、ある程度のことは満たしてきましたので、自分の目は未来よりも過去を見ていることに気づきます。

年寄りは昔の話ばかりをするとよく言われるのもそのせいでしょう。ほかに話題がないからではなく、目の高さが変わるから、自然と昔話が多くなるのだと思います。

そして、未来を見る目にも変化が起こります。若いときは、頭にひらめいたことはなんでもやればできる、やれそうな気がどこかにあります。しかし、今、未来を見ると、その瞬間、その未来を肯定する気持ちと否定する気持ちが同時にやってきます。頭にひらめいたけれど、もうできないだろうという否定が生じるのです。歳をとれば、人にはできることと、できないことがあることを思い知ります。そしてやがて悟りを得た境地に至ります。

それは、できなくて悲しいというよりもあきらめることを知ります。ここまで生きて、これだけのことをした。まあ、いいと思いましょうと、自らに区切りをつけなくてはならないことを、次第に悟るのです。

老いるということは、天へと続く、悟りの段階を上がっていくことなのかもしれません。

そしてそれができるのは、前述した目の高さを、歳をとって得るようになるからだと思います。自分というものを、自分から離れて別の立場から見ている自分がいます。高いところから自分を俯瞰《ふかん》している感覚です。生きながらにして、片足はあの世にあるように感じています。

言うなれば、体の半分はもうあの世にいますから、この世にいるよりも、少し遠見がきいて、客観視するようになったと言えるのかもしれません。百歳を過ぎて生きることとはどういうことなのか。一つには、別の立場から客観視している自分と向き合うことなのかもしれません。

体の半分はもう
あの世にいて、
過去も未来も
俯瞰《ふかん》するようになる。

まあいいでしょう、と
あきらめることを知る。

体の変化がスローモーションで再生される

今日は、昨日より少し下手になっている……。

老齢期に入ってからというもの、日に日に老いていることが、そして、どのように衰えているのか、手にとるようにわかります。まるでスローモーションで再生されているように、わずかな変化も、鮮明にとらえることができるのです。

たとえば、階段での足取りが以前よりちょっと重いとか、日常のなんでもない動作が、どのように変わっているかを洞察している自分がいます。

そして、体の動きの変化とともに、精神面も次第に変化しています。私の性格はなんでもやりたいことは、さっさとやりたいほうなのですが、せっかちな性格を抑えようとする、もう一人の自分が前面に出るようになりました。たとえば階段です。私はまだ、トントントンと軽快に下りることができるのですが、もう一人の自分がたいへんに臆病で、一段一段、丁寧に下りるようにさせます。早く下りたい自分を制御するのです。また、少し肌寒い日は、あまり気にとめず、さっさと出かけてしまうほうなのですが、今は、しっかりと防寒をします。

私の場合、仕事が運動になっており、大きな作品を描いていることもあって、つねに体を動かしています。腰が痛くなったとか、肩が凝ったとか、老人らしい体の不調をきたしたことはありません。根をつめて長く仕事をすると、腰を伸ばしたくなることはありますが、マッサージや整体のお世話になったこともありません。

私の姪《めい》が、私が人と話をしている間も、しょっちゅう手や指を動かしていることに気がつき、それが体が元気な秘訣なのではと言いましたが、いつも体のどこかをゆらゆらとさせているという自覚はあります。

ただそれは、じっとしているのが性に合わないからで、微動だにせず、じっと座っているのは小さいころから大の苦手でした。

いつも動いているほうが、私にとっては自然体です。人というのは動物、動く物ですしね。

誰か式、誰か風、ではなく、
その人にしかできない
生き方を自然体と言う。

自分を洞察している、
もう一人の自分がいる。

〝いつ死んでもいい〟は本当か

あまり長生きはしたくないと言う人がいます。それは偽りだと思います。みんな、やはり長生きはしたい。誰だって死にたくはないはずです。なかにはいろんな問題が起きて、人為的な理由から精神が自分を超えてしまい、死にたいと思う人もいるかもしれませんが、そうしたことがなければ、生き物には生存本能が備わっています。長生きしたいと思うのが、生き物としての本能です。

「私はいつ死んでもいい」と言う人がいます。それは言っているだけで、人生やるべきことはやった、と自分で思いたいのです。自分自身を納得させたくて、「いつ死んでもいい」と言うのです。

そう言うことで、自分が楽になります。だけど、まだ死ねない。これもあれもしなければと思うと、負担がのしかかってきます。負担から逃れたい、負担を軽くしたい。やるべきことはやったと思いたい……。

わかりやすい例は、親です。親は子どもを育てます。子どもは自立し、親としての責任をまっとうします。もうこれで「いつ死んでもいい」と親は口にするかもしれません。しかし、これで一切なにも子どものことは心配しなくなるかというと、親ならそれはありえません。心のどこかで、大丈夫だろうかと気にかけます。心配する種がなくても、なにかしら見つけ出しては心配してしまいます。

それは、完全に親の手が離れたからといって、心までも離れたということにならないからです。子どもに対して、もうやってあげられることはなにもありませんと、親は終わらせることができないからです。

　また一方で、あの子は実に立派にやっているから、自分なんか必要ではない。いつあの世に行ってもかまわない、と言います。しかし、心から自分は無用で、いなくてもいい存在だと、決して誰も思いたくはないはずです。

　この世にやり残したことはありません。責任を果たしました。ですから、「いつ死んでもいい」と心から思っている人はいないと思います。すべての人の心は代弁できませんが、それはこの歳まで生きて感じることです。

「いつ死んでもいい」と自分自身に言い聞かせているだけで、生きているかぎり人生は未完だと思います。

長く生きたいと思うのは、
生き物としての本能。
年老いるとそうなる。

一〇三歳だからわかる。
生きているかぎり、人生は未完成。

いい加減はすばらしい

日本人は、なにかあると「いい加減にしておきなさい」と言います。

ご飯がおいしいからといって、食べ過ぎてはいけない。いい加減にしなさい。口論が激しくなっていく様子を見てとれば、いい加減にやめておきなさい。

「いい加減」は、すばらしい心の持ち方だと思います。

ほどほどに余裕を残し、決定的なことはしない。

戦後まもなく渡米したとき、そこで知り合った日本人の通訳者が、こんな話を私にしてくれていました。ある通訳の場で、相手のアメリカ人が「お茶はいかがですか」と日本人に尋ねて、日本人は肯定も否定もせず「結構です」と応えたそうです。

「結構」は「いい加減」と同じで、決定的な言葉ではありません。お茶が欲しいという意味の「結構」と受け止めることもできるし、要《い》らないという意味の「結構」と理解することもできます。

このとき、アメリカと日本の文化の違いを知る通訳者は、「恐れ入りますが、この国ではどちらかに決めていただく必要があります。イエス結構なのか、ノー結構なのかをおっしゃってください」と尋ね返したそうです。

このように日本の文化には、余白を残し、臨機応変に、加えたり減らしたりすることのできる「いい加減」の精神があります。

そしてこの精神は、長寿の心得にも相通じるのではないかと思います。

たとえば、歳をとったら体を冷やすのはよくない、温かくしておいたほうがいいと言います。それでなくとも抵抗力は衰えているので、冷やすと、それが引き金となって体全体のバランスを崩しかねないからです。しかし、かといって汗をかくほど温かくすると、体内の機能は小さく縮みつつあるので、よけいな負担をかけてしまう。その人に合ったいい加減の温かさに保つことがいいのです。

しかし、いい加減というと、あの人はイイカゲンなことを言う、イイカゲンな人、と否定的な意味で使われる場面が多くあります。本来は、ほどよい状態にするために加減するから、いい加減と言います。

「お加減はいかがですか?」と尋ねれば、体の具合は良くなりましたか、それとも思わしくないですか? という意味です。「お風呂の温度はいい加減です」と言えば、ちょうどいいお湯の温度だという意味です。

中国の孔子は「過ぎたるはなお及ばざるがごとし」と、度が過ぎることも、不足することも、同じように良くないと言っています。そして「中庸の徳たるや、それ至れるかな」とも言っています。ほどほどにしておくことは、高い徳に至ることができるのです。

元来、人は、食べ過ぎてもいけないし、少な過ぎるのもいけない。飲み過ぎるのもよくないけれど、長生きしたいからと言って、我慢してやめるのでは、生きている甲斐がありません。働き過ぎるのはよくないし、なにもせずにゴロゴロしているのもよくない。なんでもいい加減に調整するのがいいのです。

歳をとると、ますます体の機能範囲は狭くなりますから、ちょっとした偏りが大きなダメージになります。食事、睡眠、仕事、家事労働、人間関係など、あらゆる面で、その人に合ったいい加減さを保つことができれば、もう少しの長生きを望むことができるのではと思うこのごろです。

食べ過ぎてはいけないし、
少な過ぎるのもいけない。

万事ほどほどにしておけば、
高い徳に至ると孔子は言う。

あなたの人生を枠におさめない

歳相応という言葉がありますが、百歳を過ぎた私には、なにをすることが歳相応なのかよくわかりません。

しかし、「年甲斐もなく」とか、「いい歳をして」とか、何歳でなにをするかということが人の生き方の指標となっています。

たとえば、ムダに歳をとっていない。派手な身なりなどをしていると、歳のわりには若づくりをしている。おそらく私のことも、「いい歳をして、まだあんなこと言っているのね」と言う人はいるでしょう。人を批評するのに、年齢はたいへん便利な言葉です。

私は歳には無頓着《むとんちやく》です。これまで歳を基準に、ものごとを考えたことは一度もありません。なにかを決めて行動することに、歳が関係したことはありません。この歳になったからこれをしてはいけない、この歳だからこうしなくてはいけないと思ったことがないのです。自分の生き方を年齢で判断する、これほど愚かな価値観はないと思っています。

私の女学生時代は、「いい歳をした」若い女性はお嫁に行くものだとされていました。戦前でしたので、二十三歳までに結婚しないと条件が悪くなると言われました。二十五歳を過ぎたらオールドミスと疎《うと》んじられ、私のまわりは、みな、卒業と同時に、親が決めたお見合い相手に嫁いでいきました。ところがほどなくして戦争が始まり、友人は、新婚早々、夫が戦死して戦争未亡人となって、舅姑とその家族に奉公する人生を送ることになりました。

「いい歳」だからと結婚したことが、悔いを残す人生となってしまったのです。

私が、自由に作品をつくることができるようになったのは、戦後になってからのことで、三十代後半になっていました。初めて個展を開いたのは、戦後の混乱期で、四十歳を過ぎていました。その後、四十三歳で渡米しましたが、この渡米がきっかけとなり、私の作品は世界中に広まることとなりました。当時は、女性が仕事をスタートさせるのにはたいへん遅い年齢でしたが、自らを年齢で縛りつける生き方をすることのほうが、私には不思議でした。

こうして私が長生きしているのも、自らの人生を枠におさめなかったことが、幸いして、精神的にいい影響を及ぼしているのかもしれません。

杭《くい》に結びつけた
心のひもを切って、
精神の自由を得る。

自分の年齢を考えて、
行動を決めたことはない。

気楽なものと頼れるもの

朝目よし、という言葉があります。

民俗学者・折口信夫《おりくちしのぶ》氏は『死者の書』に、奈良の當麻《たいま》寺にこもって蓮糸で曼荼羅《まんだら》を織った中将姫と侍女たちが、朝の起きぬけに、最初に目にしたことがらで一日の吉凶を占っていたと書いていています。

昔の人は、朝、起きて、最初に目に映る自然の営みが美しいと感じるものであれば、その日はいい一日で、當麻寺の侍女たちが目にした水の汚れなど、美しくないと感じるものであれば、よくない一日になると思ったようです。

私も、小学生のころのある朝、母が「今朝、霜柱がかしわの葉をふんわりのせていて、それがとてもきれいだったから、今日はいい日になる」と言っていたのを覚えています。

人は、昔から自然の営みなどで占いたくなるほど、自信がなく、なにかを頼りにして生きたい生き物です。なんの不安もなく生きている人はいないのです。非常に頼りない精神の生き物なのかもしれません。でも、生きているうちにいろいろな経験を積んで、少しは自信をつけているから、生きていられます。

この世には人が、ほんとうに、全面的に頼れるものはないのでしょうか。

この歳になって、ふとそんなことを考えます。

全面的に頼れるものなんて、やはりないですね。

個人というものはどんなことがあっても、個人。家族も友人も、他人です。

自と他の区別があります。人という生き物の宿命で、一人で生まれて、一人で生きて、一人で死んでいきます。

なによりも、人は自然の産物です。自然のなかの生き物の一種です。

人は、傲《おご》り高ぶる生き物なので、自然とは別物だと思っているかもしれませんが、まぎれもない自然物です。自然を征服してきたつもりになっているかもしれませんが、風を止めることもできない、雨を降らせることもできない、天地自然に対して無力です。

むしろ、自然のほうが、人間どもに少しかじられたけれど、このくらいなら許してあげようぐらいに思っているかもしれません。

自然物には莫大《ばくだい》な種類があります。人は動物の一種、うさぎや亀などと同じ一種。自然の産物として生まれただけ、そう思えば気楽なものです。

自然の一部として
生まれてきただけ、
と思えば気負いがなくなる。

少しずつ自信をつけて、
人はようやく生きている。

どうしたら死は怖くなくなるのか

百歳を過ぎると、人は次第に「無」に近づいていると感じます。

その一つに、私は作品を描き始めると、一切、なにも思わなくなりました。作品と私の間には筆があるだけで、ただ描いているだけです。

それは、筆が勝手に描いているという感覚で、なにかを表現したい、想像したい、造形をつくりたい、といった私の意識はどこにもありません。描いているという意識すらもありません。

無意識のうちに、自然にできあがっていた。しかも、これまで見たことのない、まったく新しい境地の作品です。

このことを無理矢理、意味づけるとしたら、今まで何十年来と一生懸命に生きてきたから、あらゆる角度からさまざまな表現の試みをしてきたから、過去の集積からこぼれ出た、とも言えるでしょう。あるいはまったくのただの偶然にすぎない、とも言えるでしょう。

先日、「どうしたら死は怖くなるのか」と若い友人に尋ねられました。私は「考えることをやめれば、怖くない」と助言しました。どうせ、死はいつか訪れると決まっています。そう遠からず、私も死ぬだろうと、漠然とですが、思っています。

人は老いて、日常が「無」の境地にも至り、やがて、ほんとうの「無」を迎える。それが死である、そう感じるようになりました。

考えるのをやめれば、
なにも怖くない。
ただ「無」になる。

歳をとるにつれ、
日常に「無」の境地が生まれてくる。

第二章

何歳からでも始められる

なんでも言っておく、伝えておく

このごろは、新聞を開いても、見出しばかりを読むようになりました。情けないことに、活字をエンジョイできる人間ではなくなりました。活字の大きな本しか読めなくなっています。

こんなに長く生きる人は絶対数が少ないから、活字の大きな本は、出版社も出さないのでしょう。こうして、だんだんと文字を読むことが、億劫《おっくう》になっていくのだなと思いました。

この世は、最大公約数で成り立っています。私みたいに、稀《まれ》に長生きする人のために商売をしていたら成り立ちません。新聞社や出版社にしても、厚い読者層に照準を合わせます。だから私などは、だんだんと、社会で生きる資格を失っていることを感じます。いくら経験を積んできても、百を過ぎると、現実の社会に役に立たない。隔たりが、あまりにも開き過ぎています。

十年ほど前の九十代のときは、私もすこし先を生きる人間として若い人たちに助言し、お手本的になるようなこともできたのですが、もう、ここまでくると、そういう役目もない。どうにも違い過ぎるように感じます。

生き残っているというだけで、社会になんの役にも立たない。絵を描く仕事をして、一人で暮らしている。自分自身のためだけの人生で、まわりの人はただ厄介なだけです。

今は、私より先に亡くなった人たちのことを、後世に語っておくことが、私の一つの義務かもしれないと思い、また、もし、彼らが生きていたらどうであろうと考えるのは、その人への供養なのかもしれないと思っています。

いずれにせよ、こうして長生きしている人間は、一つの珍種ともいえるので、ちょっと珍しい種類の人間として、伝えられることは、なんでも、そのときに言っておこうと、いつ死ぬかわからないので、思っています。

老いたら老いたで、
まだなにが
できるかを考える。

長生きするほどに、
この世の中と隔たるけれど。

頼らずに、自分の目で見る

アメリカ屈指の美術批評家、ニューヨーク・タイムズ紙のジョン・キャナディ氏が、生前、私にこんなことを言いました。

「絵には作品名がないほうがいい。作品名があると、見る側がそれに左右されてしまう。自分の目で判断しているので、僕は展覧会へ行っても、作品名は見ない」

もちろん、キャナディ氏は、ギャラリーから作品の説明は一切、受けませんでした。作家本人に会うこともしませんでした。説明を受けたら、自分の判断が鈍るかもしれない。作家に会うと、情が移るかもしれない、と考えたからです。自らを律した厳しい目で作品を見て、批評をしていました。それだから、世界的な美術批評家として高い信頼を得ていたのでしょう。

キャナディ氏に否定的なことを書かれたら、アーティストとしておしまいだと、美術関係者はおそれていました。

このごろはずいぶん減りましたが、私も、展覧会などで、「これはなにを表している絵なのですか？」とよく聞かれたものでした。

絵というものは、自分のなかに湧いてくる思いを、目に見えるようにしたものなので、なにを、という質問には、私はいつも戸惑いました。絵に表れているものこそが、質問の「なにを」で、そしてその「なにを」は見る人によって、どのように受け止めてもいいものだからです。

人は、説明を頼りになにかを見ていると、永遠に説明を頼りに見るようになってしまいます。たとえば、それが絵であれば、絵の鑑賞の幅を自ら狭めていることになります。

パソコンや携帯電話などの機器を買うとき、人を頼りに買っていれば、使うときも人頼りになります。機器を使いこなす楽しみを自ら放棄していることになります。

参考にできることは、おおいに参考にしたほうがいいと思いますが、頼るのではなく、自分の目で見て、考える。キャナディ氏の言葉は、私たちの日常の生きる姿勢にも通じると思います。

自分の目で見れば、
新しい発見、
新しい喜びがある。

この絵はなにを表しているか、
その答えは人それぞれ。

いつでも面白がる

ひょんなことから出てきて、それが非常に強いインパクトを人に残すことがあります。その時代の人は、予想もしていなかったような発展を後世に遂げて、歴史になることはずいぶんあります。

先日、書棚から無造作に正岡子規の本を手にして見ていたら、一つの短歌が目に留まりました。

「若人《わこうど》のすなる遊びはさはにあれどベースボールに如く者もあらじ」

若い人のやる遊びは、「さはにあれど」というのは、たくさんあるけれど、という意味です。沢山の「沢」という字が「さわ」です。「ベースボールに如く者もあらじ」というのは、ベースボールにかなうものはないだろう、と詠んでいます。

明治の初期、アメリカ人によって野球が日本にもたらされてから、正岡子規は野球をテーマにいくつかの短歌をつくりました。彼自身も熱心な選手だったようですが、野球が入った当時は、今のような国民的なスポーツになるとは、誰も予想していなかったでしょう。正岡子規には先見の明がありました。

この短歌からは、明治の人の外国から入ってくる文明への驚きと、それを迎え入れる新鮮な気持ちが伝わってきます。

今の私たちは、外国のものに接しても、感覚がすっかりすれっからしになってしまっているので、これといった感慨を持ちませんが、新しいものへの驚き、好奇心、それを受け入れるうぶな気持ちに、後世の私は感動します。正岡子規の感動に、私は感動したのです。しかも、日本の伝統的な三十一音で新しい文明を表現したのですから、天才的な歌人です。

ふと、私も初心にかえり、なにかと面白がっていた若い時分を思い出しました。面白がる気持ちがなくなると、この世は非常につまらなくなります。

新しいものに
接するときは、
うぶなままでいたい。

感動する気持ちがあれば、
この世は楽しい。

なにかに夢中になる

先日、私の若い友人が、かつて、二人の同級生を自殺で失ったことを、打ち明けてきました。一人は中学生のときの同級生で、もう一人は小学生のときの同級生だったそうです。小学生のときの同級生は、夫と離婚し、二人の娘とともに実家の両親のもとで暮らしていたそうです。そして、自死を選ぶことで、自分にかけていた生命保険を二人の娘の大学の学費にあてたのだろう、と若い友人は言いました。中学生のときの同級生は、難関だった薬科大学に現役で入学したその年の春に、電車に飛び込んだそうです。美人で頭もよく、気だてのいい、なにひとつ欠けているものがない同級生だったそうです。

若い友人は、同級生がなぜ自殺しなくてはならなかったのか、自分になにかできたのではないかと、積年、そのことが心の底にある様子でした。

私は、納得しようとするのは、あなたの思い上がりです、と言いました。人というものは、納得できないことのほうが多い。自分たちの知恵では、わからないことのほうがずっと多い、と長く生きてきた年の功で教えました。ですから、なぜ自殺したのかは誰にもわからない、と。

人というのは不思議な生き物、かんたんに割り切れるものではないと私は思っています。とても偉いものでもないし、そう愚かなものでもないとは思いますが、不思議な生き物です。

人というものが、どういうものであるか、わからないから、文学、芸術、哲学、さまざまな活動をして、人は模索しているのです。なんでこんなことをやるのだろう、ということを一生懸命にやっているのです。

たとえば、スポーツにしても、なにもそんなに必死になって、泳がなくたっていいはずです。人はなぜ、そこまでして泳ぐのか？　それはこういう理由です、と明確に答えられる人はいないでしょう。泳ぐからには、一番になりたい、記録を更新したい、ということです。テニスやサッカーなどの試合にしても、勝ちたいという思いで、選手はプレーをしているのであって、負けたからといって、死ぬわけではありません。

なにかに夢中になるものがないと、人は生きていて、なんだか頼りない。なにかに夢中になっていたいのです。それが、一番になりたい、記録を更新したい、という思いにもつながっていきます。

なにかに夢中になっているときは、ほかのことを忘れられますし、言い換えれば、一つなにか自分が夢中になれるものを持つと、生きていて、人は救われるのだろうと思います。仕事に夢中になったり、趣味に夢中になったり。宗教などに夢中になるのもそうだろうと思います。

人はみな、なにかにすがっていたい、どこかによりかかるものがほしい。その一役を買ってくれるのが、なにかに夢中になることだと思います。そして、芸術、スポーツ、宗教など、さまざまなものを生み出しているのだと思います。

夢中になれるものが
見つかれば、
人は生きていて救われる。

頭で納得しよう、割り切ろう
とするのは思い上がり。

やっておきたいと思うことは、どんどんやる

私みたいに長く生きれば、やっぱり長く生きてよかったと思います。と言っても、まだ死んでいるわけではないので、死んでしまったほうが幸福だったのかもしれません。

人にとって、生きているのがいいのか、死んだほうがいいのか、誰にも判断はつけられません。私も、命があったからこういうことにも出会えたと、長生きできてよかったと思うこともあるし、なにもこんなめにあうのなら、長生きなんてするものではなかったと思うときもあります。

人生は、なにが一番ほんとうにいい生き方なのか、はっきり言える人はい

ないと思います。でも最後に、いろいろあったけれども、やっぱり私はこうでよかったと、自分自身が思える人生が一番いいだろうと思います。まだまだいっぱいやりたいことがあったのに死ぬのか……、と思うのは悲しいことです。

歌人の与謝野晶子は、自分の人生を楽しむのに、少し自分の力が足りていないと歌いました。

人の世を楽《たの》しむことに我が力少し足らずと歎《なげ》かるるかな

明治から昭和にかけて、あれだけ精力的に生きて、人生を謳歌した与謝野晶子ですら、冷静に自分というものを客観視して、足りないと言ったのです。

ご存知のとおり、彼女は当時の新しい女性でした。大阪府堺市の老舗和菓子屋「駿河屋」に生まれて、お見合いが世の常識だった時代に、歌人の与謝野鉄幹《てっかん》と恋愛結婚をします。

それだけでもたいへんなことでしたが、彼女は新しい短歌のスタイルをつくり、時代を牽引しました。作家、歌人、評論家として八面六臂《はちめんろっぴ》の活躍をしながら、女性も教育を受ける自由をと、男女平等の教育を訴えた思想家としてもよく知られています。

「私達は愛に生き、藝術《げいじゅつ》に生き、学問に生き、労作に生きる限り、人生を決して空虚なものとも、倦怠《けんたい》なものとも感じません。人生の楽みは是等《これら》の文化生活のなかに無尽蔵《むじんぞう》であるのです」

これは、与謝野晶子が、高弟の中原綾子が最初の歌集を出したときに寄せた一文です。人生の楽しみは無尽蔵です。

あそこへ行きたいと思ったら行く。それしかないです。生きているうちに、やりたいことはなるべくしておく。私のような歳になると、やれることとやれないことがでてきます。

ですから、体が丈夫なうちは、自分がやっておきたいと思うことはどんどんやったほうがいいと思います。

そうすれば、死ぬとき、思い残すということが少ないかもしれません。

人生を楽しむためには、人間的な力量が要《い》ります。

人には柔軟性がある。
これしかできないと、
決めつけない。

完璧にできなくたっていい。
人生の楽しみは無尽蔵。

誰もやらないときに、やったことが大事

昔、私の展覧会でのことです。

ある人が私に、「墨で線を引けばいいだけだろう。こんなもの誰だって描けるよ」と言うので、「それなら、あなたもおやりになったらどうですか」と応じたことがありました。のちに、「悪かった」と謝ってきましたが、誰かがやったことを自分もすることは、誰にもできることです。

しかし、まだ、誰もやらないときに、それをやった、ということが大事です。

まだ誰もやらないうちにやった人は、それだけの自信を蓄え、自分の責任

でやっています。その結果が、受け入れられるか、受け入れられないかはわかりませんが、なかには、高く評価してくれる人がいるかもしれませんし、認めてくれる人がいつか現れるかもしれません。

人の成功を見届けてから、私もできます、と言うのは、あと出しじゃんけんをしているようなものです。

誰もやらないときに、やった、ということで、私が最初に思い出すのは、二十世紀のアメリカの画家、ジャクソン・ポロックです。私が一九五六年に初めて渡米したとき、最も会いたかった人でした。

彼は、当時、まだ誰もやらなかった、絵の具を、筆ではなく、撒《ま》いて描きました。彼の作品を見て、私は、子どものときにさせられていた水撒きを思い出しました。家の玄関から門まで続く踏み石に、柄杓《ひしゃく》で水を撒いていたのですが、垂らしたり、飛び散らせたり、自分の撒き方次第で、水のかたちがさまざまに変わり、撒いた水に濡れて、踏み石の景色が移り変わるのを、子ども心ながらに美しいと感じて、眺めていました。

ジャクソン・ポロックは、白いキャンバスを床に広げて、キャンバスの上から、絵の具の入ったバケツを手に、撒いていましたが、撒くという新しい描き方を生み出し、絵というのは自由に描いていいものだと、人々の心を解放しました。そうした手法は、アクション・ペインティングと呼ばれるようになり、のちに大きな芸術運動の基礎にもなりました。

しかし、彼自身は、ひどい躁鬱《そううつ》病に苦しみ、自らが運転する車を大木にぶつけて、四十四歳で亡くなりました。それは自殺としか思えない事故死で、いまだ自殺なのか、事故死なのかは謎です。彼がニューヨークで事故死を遂げたとき、私は自分の展覧会のためにボストンにいました。ボストンに行く前に、ニューヨークに立ち寄っておけばよかったと、今でも時折、悔やみます。

若くして亡くなったジャクソン・ポロックは、自分のやったことが、世界の美術界に多大な影響を与えたこと、百五十ドルでしか売れなかった自分の作品が、のちに史上最高額の一億四千万ドルの値がついたことを知りません。

彼のように、誰もやらないときにやった人がいたから、新しい境地が拓《ひら》け、後世の私たちもそれを享受することができています。

受け入れられるか、
認められるかよりも
行動したことに意義がある。

人の成功を見届けてからの、
あと出しじゃんけんではつまらない。

規則正しい毎日から自分を解放する

私は、これまでスケジュールもなく生きてきました。一切、スケジュールを立てません。予定とか目標とかいうものを、あまり好まないからです。自然のなりゆきにまかせて、生きています。

戦後まもなく渡米したのも、突如として、あなたの作品をアメリカで紹介しましょうという人が現れて、私はああそうですか、と、ぜんぜん計画もなにも立てていませんでした。

当時のビザは二か月で、両手に持てる小さいスーツケース二つを持って、出かけました。私は、自由な空気のニューヨークを好きになり、二か月ごとに更新を繰り返して、結局、二年あまりを過ごしました。夫も子どももいない一人者はしようのないものだなどと、身内や友人には言われました。

いつでも、なりゆきまかせなので、私ほど無責任な人はいないでしょう。自分でなにかを考えて、プランを立てて、さあやろう、ではなく、その日の風が吹きやすいように、暮らしてきました。

自分に規律というものは課さないし、外からも課せられないようにしてきました。縛られたくないから目標も立てません。なにか目標を決めると、それに向かってやみくもに一生懸命になってしまいます。そうすると、ほかが見えなくなります。私は、ほかにすごくいいものがあっても、目標のために、見逃してしまうことがいやなのです。

人生は、道ばたで休みたいと思えば休めばいいし、わき見をしたければわき見すればいいと思っています。今日中にあそこまで行かなければならないと決めるやりかたより、自然のなりゆきに身をまかせるほうが、無理がありません。そのほうが私の性に合っています。

規則正しい毎日がいい、とされていますが、なにをもって正しいのでしょう。

毎朝、決まった時間に起きて、食事をするのが規則正しいのか。私は、一般的に規則正しい、とされていることからは、はずれた毎日を送っています。

私の仕事は、絵を描くことですが、何時から何時まで描く、と決められません。描いているうちに、夜が明けてしまうこともあります。毎日、自分勝手な生き方をしています。

規則正しい生活が性に合う人もいるでしょう。計画を立てないとならない事情も、ときにはあるでしょう。しかし、あまりがんじがらめになると、なにかを見過ごしたり、見失っていても、そのことに気がつきません。

予定や目標にとらわれると、
ほかが見えなくなる。
ときには、
その日の風まかせにする。

自分に規律は課さないし、
外からも課せられない。

真実は伝えられない

真実は皮膜の間《かん》にある。

これは、人形浄瑠璃《じょうるり》、歌舞伎の作者、近松門左衛門の有名な言葉です。

もちろん科学的に、皮と膜の間にはなにもありません。なにもないのに、そこに真実がある、というのは、どういうことでしょう。

私の従弟《いとこ》で、近松門左衛門が書いた『心中天網島《しんじゅうてんのあみじま》』を映画化した篠田正浩は、言葉と言葉の間にあるという意味だろう、と私に言いました。

真実は、言葉にしえないし、文字にもしえない。

想像力を頼りにしなければ、語れないもの。近松門左衛門は、そう言いたかったのでしょう。

たとえば、悲しい、という言葉一つとっても、悲しいという感情が主体であっても、寂しさや辛《つら》さなど、ほかの感情が微《かす》かに混ざっているかもしれません。心の奥底には、本人も自覚していない安堵《あんど》感もあるかもしれません。ですから、悲しい、と言葉にした時点で、ほかの多くの感情は失われてしまいます。

伝えきれないもどかしさ、寂しさ。表現には限界があり、そして真実自体も、本人すらはっきりとわかりえない神秘的な、不思議な部分があります。

真実というものは、究極は、伝えうるものではない。ですから、私たちは、目に見えたり、聞こえたりするものから、察する。そうすることで、真実に触れたかもしれないと感じる瞬間が生まれるのかもしれません。

真実は、想像のなかにある。
だから、人は、真実を探し続けているのかもしれません。

真実は見えたり
聞こえたりするものではなく、
感じる心にある。

察することで、
真実に近づける。

1+1が10になる生き方

人は、用だけを済ませて生きていると、真実を見落としてしまいます。真実は皮膜の間にある、という近松門左衛門の言葉のように、求めているところにはありません。しかし、どこかにあります。雑談や衝動買いなど、無駄なことを無駄だと思わないほうがいいと思っています。

無駄にこそ、次のなにかが兆《きざ》しています。用を足しているときは、目的を遂行することに気をとられていますから、兆しには気がつかないものです。

無駄はとても大事です。無駄が多くならなければ、だめです。

お金にしても、要るものだけを買っているのでは、お金は生きてきません。

安いから買っておこうというのとも違います。無駄遣いというのは、値段が高い安いということではなく、なんとなく買ってしまう行為です。なんでこんなものを買ってしまったのだろうと、ふと、あとで思ってしまうことです。しかし、無駄はあとで生きてくることがあります。

私は、三万円だと思って買ったバッグが三十万円だったことがありました。ゼロを一つ見落としていたのです。レジで値段を告げられて驚きましたが、いい買い物をしたと思っています。何十年来とそのバッグを使っています。そして、買ってしばらくしてから、そのバッグの会社オーナーが私の作品を居間に飾っていることを雑誌で知って、あらお互いさまね、と思いました。

時間でもお金でも、用だけをきっちり済ませる人生は、1＋1＝2の人生です。無駄のある人生は、1＋1を10にも20にもすることができます。

私の日々も、無駄の中にうずもれているようなものです。毎日、毎日、紙を無駄にして描いています。時間も無駄にしています。しかし、それは無駄だったのではないかもしれません。最初から完成形の絵なんて描けませんから、どの時間が無駄で、どの時間が無駄ではなかったのか、分けることはできません。なにも意識せず無為にしていた時間が、生きているのかもしれません。

つまらないものを買ってしまった。ああ無駄遣いをしてしまった。

そういうときは、私は後悔しないようにしています。無駄はよくなる必然だと思っています。

なんとなく過ごす。
なんとなくお金を遣う。
無駄には、
次のなにかが兆している。

必要なものだけを買っていても、
お金は生きてこない。

自分の心が、ほどほどを決める

ほどほどに、まあ、八十代の平均寿命をまっとうして、なるべく病気をせず丈夫で、お金もほどほどにあり、人に迷惑をかけない。そういう人生がいいだろうと、非常に常識的な一つの典型をつくることはできます。

しかしそれが人間のほんとうの幸福かというと、その人が幸福と思えば幸福ですが、ああつまらない、退屈な人生と思えば退屈です。

私も長く生きてきて、いろんな人に出会い、いろんな人の人生を見たり聞いたりしてきましたが、どういう人の人生がいちばん幸福だったのか、いくら考えてもわかりません。たとえば、あの人は素敵な人だったと思うけれども、その人の妻はどうだったかというと、苦労させられたのかもしれないと思いますし、この人は立派で尊敬できる人だったけれど、その人の子どもはどうだったかというと、親と比較されて悩んだ様子でしたし、いいことずくめの人は見つかりません。一つ得れば、一つ失うことは覚悟しなさい、ということなのでしょうか。なにもかもが満足な人生はありえないようです。

一方で、豊かになれば人は幸せになれると、人類共通して思ってきましたが、それもまた違ったようです。私もずいぶん裕福な人を見てきましたが、裕福だから幸福だとは思えませんでした。かといって、極度な貧乏もまた不幸です。

それなら、一体どうしたら、人にとって一番幸福なのかと考えると、わけがわからなくなります。どのように生きたら幸福なのか、「黄金の法則」はないのでしょうか。

自分の心が決める以外に、方法はないと思います。この程度で私はちょうどいい、と自分の心が思えることが一番いいと思います。ちょうどいいと思える程度は、百人いたら百人違います。

私はまだ足りないと思う人は、いくらあっても足りません。そういう人はいくら富を手にしても、お金持ちになった甲斐はありません。愛情を充分に与えられても、愛されていると自覚しません。まだまだ足りないと思っているのですから。

これくらいが自分の人生にちょうどよかったかもしれないと、満足することのできる人が、幸せになれるのだろうと思います。

幸福になれるかは、
この程度でちょうどいい、
と思えるかどうかにある。

いいことずくめの
人はいない、一生もない。

第三章
自分の心のままに生きる

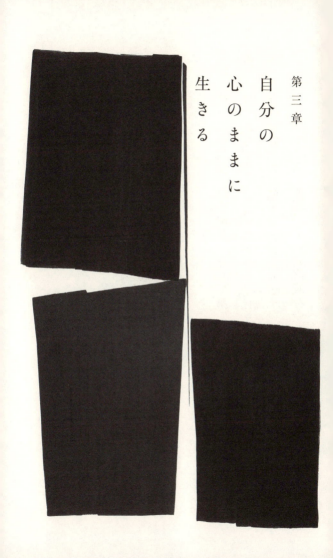

自由を求めて、今の私がいる

私は美術家ですが、美術家になりたいと思ったことは、一度もありませんでした。自らの人生を、自由に選択すること自体が困難な時代に育ちましたので、自由に生きることを希求していたら、美術家になっていた、という感じです。

私の十代、二十代は、日中戦争、そして第二次世界大戦がありました。戦時中は、誰もが生きることの制約を受けましたが、なかでも、私の胸に刺さった女学校時代の教師の言葉があります。それは歴史の授業でしたが、

「あなたがたは、こうして座って私の講義を受けていますが、今この瞬間に

も、あなたがたと同じ年齢の貧しい農家の娘たちは、凶作のために売られて、お女郎になっているんですよ」。

当時の若い女性にとって、女学校を卒業したら、学校の先生や親がすすめる相手に嫁ぐことが、生きていくための最上の手段でした。私の友人も次々とお見合い結婚していきました。

しかし、その時代は、家制度による古い慣習が重んじられていましたので、なかには、夫を戦地で亡くし、子どもがいないにもかかわらず、嫁いだ夫の家を出ることができず、奉公を続けていた友人もいました。夫が戦死した友人は、幾人もいました。

結婚するなら、家制度に縛られず、自分の納得できる相手としたい、と私は考えましたが、戦時下に、男の人がそういるわけでもなく、かといって、実家に居座っているわけにもいかなくなりました。実家には、時間の問題で、一番上の兄のお嫁さんが嫁いで来ることになっていたからです。厄介者の私は家を出なくてはならず、私には、自らが身を立てて生きていくよりほかはありませんでした。

そこで、私は、書の先生から、あなたの実力なら教えていいです、と言われていましたので、お弟子さんをとって、教えることにしました。

そして、書に専念しているうちに、私はどんどん深みにはまり、次第に、文字は、こう書かなければならない、という決まりごとに、窮屈さを覚えるようになりました。

たとえば、川という字には、タテ三本の線を引くという決まりごとがあります。しかし、私は、川を三本ではなく、無数の線で表したくなったのです。

あるいは長い一本の線で、川を表したい。

　文字の決まりごとから離れて自由になりたい、新しいかたちを生み出したい、と私は希《ねが》うようになり、墨による抽象表現という、自分の心のままを表現する、新しい分野を拓《ひら》きました。幸いにも、私の作品は、ニューヨークで評価されて、世界にも少々広がりました。

　ですから、私の場合は、こうなりたい、と目標を掲げて、それに向かって精進する、という生き方ではありませんでした。自由を求める私の心が、私の道をつくりました。すべては私の心が求めて、今の私がいます。

自分の心が
自分の道をつくる。

「川」を無数の線で、
あるいは長い一本の線で表したい。

自分が一切である

戦前、書を書いていたとき、銀座で個展を開いたことがあります。当時、私は、与謝野晶子さんの高弟である、歌人の中原綾子さんに、歌を見ていただいていたので、自作の歌と、自分の好きな古い歌を書きました。私が二十四歳のときでした。

それは初めての書展で、そのときの評価は、書道界の人から、才気煥発《かんぱつ》だけれども、根なし草だと批判されました。戦前は、平安朝の名筆を、下地にして書くことが主流だったのですが、私はそれをしませんでした。名筆を写さなかったので、根がない、と嘲笑されました。

手厳しい批評を受けて、私は、根とはなにかを考え、日記に次のように記述しました。

「私の根は、私が今まで触れたすべてでできている。家にある軸、額、書、紀元前の甲骨文字、古今集などあらゆる古典。また文字でないものでも、あらゆる影響、感動、拒絶すら、なんでもが私の根になっている……」

植物の根は、地中、水中で、水分と養分を吸収して、植物を支えます。人もまた、置かれた境遇のなかで、つねに、さまざまな知識、経験などの養分を吸収して、自身を形成します。平安朝の名筆は、特に書家にとって、たいせつな養分の一つですが、それだけが根ではありません。

養分をいかに吸収し、形成するかはその人次第です。私は、自分の根がつくり出す、かたちや線を可視のものにして見たい、と思いました。

あれから八十年近くが経ちますが、根は、他者にあるのではなく、その人自身の一切だと思っています。

養分を吸収して
支えるのは、
自分という根っこ。

私が今まで触れた
すべてでできている。

ずっと人はいきいきと生きていた

私が通っていた女学校に、北村ミナ先生という英語の教諭がいました。英語をわかりやすく、ときには英語の歌も取り入れて、これはやさしいメロディーだから歌いましょう、と言って、英語を楽しく教えてくれる先生でした。

そのミナ先生が、実は北村透谷《とうこく》の未亡人だったことを『北村透谷全集』が立て続けに刊行されたことで、私たち女学生は知り、学校中、大騒ぎになりました。そのころの文学全集といえば、たいていの家庭が買っていたもので、編纂《へんさん》は当代の人気作家、北村透谷の友人の島崎藤村によることからも、注目を集めました。

北村透谷という人について知識がなかった私たちは、明治時代、自由民権運動に関わった近代を代表する評論家であり、詩人であること。大恋愛で結婚をし、二十五歳の若さで自殺。その大恋愛のお相手が、ミナ先生だったことを知りました。

著名な代議士の娘だったミナ先生は、親が決めた許婚《いいなずけ》との婚約を破棄し、反対を押し切って、貧しい透谷と結婚したとのことで、透谷が自殺してからは、単身で渡米し、アメリカの大学で学位を取得していました。

自分で相手を選んで結婚するなんてことは、世間では御法度《ごはっと》。とんでもない不良娘だとされていた明治時代に、さらに渡米までして、学位を取得。

私たちは、ミナ先生は先駆的な女性だと感心し、特に三歳上の姉の学年は、学年中が先生の大ファンとなり、結婚する相手は自分で見つけなくてはね、と互いに言い合っていました。

女学生たちには憧れの的でしたが、大人たちは、ミナ先生のような生き方ができる人は特別な人なのだから、真似してはいけない、と私たちをいさめていました。感化されては困る、と思ったのでしょう。

私は、ミナ先生のことを思い出すと、明治・大正時代の人は、新しい精神に憧れて新しい生き方をした、今の人とは違う理想主義的なものを感じます。

もちろん、ミナ先生のような人は、ごく一部でしたが、自分は新時代を生きなければと覚悟し、向こう見ずのような勇気がありました。

まだ封建的な時代でしたから、想像を絶する困難と苦労が伴ったことと思います。でも、ずっといきいきと生きていたように思います。

新しい精神、
新しい生き方をした
明治・大正期の人に思いを
馳《は》せる。

世間からどう思われようが、
覚悟をもって生きた勇気。

ほかと違うことを楽しむ

初めて渡米した一九五六年のクリスマスのことです。

私は、ギャラリーの女主人、画家夫妻とともに、ある家庭のクリスマスディナーに招かれました。夫はスペイン系の彫刻家、妻は英国人の記者、お二人の間には子どもがいました。

食卓には、メインディッシュの大きな七面鳥が供され、続いて、デザートに、ブランデーで炎を上げたクリスマス・プディングが出されました。プディングのなかには、紙に包まれた二十五セントのコインが入っているとのことで、切り分けて、誰にそのコインが入っているかで、運を占いました。

コインは私のなかに入っていました。私はみんなから口々に祝福され、「こうしたクリスマスの祝い方は、妻の祖国である英国式である。来年は僕のスペイン式でクリスマスを祝うことになっており、毎年、交互にしている」と夫に説明されました。その言葉を聞きながら、私は、どちらか一方の文化に従うのではなく、お互いの習慣を尊重して、ともに楽しもうとする家族の姿に、深く感心しました。

また、これはニューヨークのある一流ギャラリーのオーナーが自宅で開いたパーティでのことでした。集った人たちは、国籍もさまざまなら、服装もばらばらでした。

著名な女流彫刻家は、白いタフタのイブニングドレスをまとって、裾から背中まで、泥をはね上げてやって来ました。その夜は雨だったのですが、車からわざわざ降りて、セントラルパークで泥をはね上げ、泥模様をつくってから来たと、私に言いました。そうかと思うと、頭のてっぺんからつま先まで、グレーのシルクで全身を覆っている女性もいました。見えるのは両目とおへそだけ。彼女はある国の大使の娘で、一流ファッション誌のモデルをしていました。タキシード姿の若い男性を伴っていました。また、スペイン系の人なのでしょうか、黒のジョーゼットのブラウスを着た中世の騎士のような姿の男性もいましたし、カジュアルなジーンズ姿の人もいました。

このように、さまざまな人種、文化、習慣を持つ人々が集まるニューヨークでは、なんでもアリ。お互いに文化を持ち寄っているので、なにがいいかなんて決めつけることはせずに、違うことを面白がっている。こんなに楽しい街はない、と私は思いました。影響を受けることも、それによって変化することもいとわない。いつも新しくなにかをつくろうとしていました。

オーナーはというと、一人になりたい人は壁に向かってどうぞ、と椅子を全部壁面に向けて置いた部屋を用意していました。パーティの趣旨とは真逆なはからいでしたが、みんな面白がっていました。

相手に従うのではなく、
お互いに違うことを
面白がる。

さまざまな人種、文化、
習慣を受け入れて変化する。

いろいろな見方があっていい

私がマンハッタンに住んでいたとき、ちょうど、五番街の八十九丁目にあるグッゲンハイム美術館が建築のさなかでした。そのころ、私はアップタウンのアパートメントを借りていましたので、移動するのに、バスで五番街を下って、八十四丁目で乗り換えていました。乗り換えついでに、建築現場に行っては、不思議な建物ができあがっていく様子を眺めていました。

それは、オウムガイを思わせる螺旋《らせん》状のデザインで、フランク・ロイド・ライト氏による設計でしたが、美術界では大きな論争が起きていました。というのも観客は、エレベーターで最上階まで上がり、最上階から地上階へ、螺旋状のスロープを下りながら、壁面に展示された作品を観る仕組みになっていたからです。

これまでにない新しい絵の鑑賞の仕方に、美術界は喧々《けんけん》諤々《がくがく》。ニューヨークでは、よるとさわると、その話で持ち切りでした。多くの人は、ライト氏の設計に異を唱え、スロープを下りながら絵を観るなんて、落ち着いて観られない。絵は平面の壁に展示して、真正面から観るべきもので、いくら建築界の巨匠、ライト先生といえども、これでは困る、とアーティストからも非難の声が上がりました。

それに対して、ライト氏は、絵は、平面でじっと立ち止まって観なければならないというきまりはない。寝そべって観てもいいし、坂道を下りながら観たっていい。どういうところに置かれても、絵は絵です。いろんな見方があってもいいでしょう、と主張していました。

私も、ライト氏の言うとおりだと思いました。考えてみれば、人と人の関係においても、真正面から向かい合うこともあれば、相手の背中を見ていることも、横から見ていることもあります。見方を変えれば、新しい発見があるかもしれません。

ライト氏は、鑑賞の仕方を創造し、人の、アートとの関わり方に変革をもたらしました。また、美術館建築にも大きな影響を与え、あるニューヨークの著名な建築評論家は、今の現代美術館は、どれもグッゲンハイム美術館から生まれた子どものよう、と評しています。

私の、グッゲンハイム美術館との関わりは、この当時の館長、ジェームズ・スウィーニーさんです。美術評論家としても、世界的な第一人者でした。

彼は、私のアップタウンのアパートメントに来ると、初期の抽象作品をその場で買い上げて、美術館に収蔵してくれました。日本に来たときも、私の作品を観るために、国立京都国際会館へ行ってくださったことを覚えています。

私も、一度、自分の作品をグッゲンハイム美術館で観る機会があり、斜めから観れば、愚作でも、なにか新しい発見があるかもしれないと思い、出かけましたが、残念ながら、愚作は愚作でした。

真正面だけではなく
斜めからも見てみる。
新たな魅力が
あるかもしれない。

人と人の関係も、
うしろからもよい、横からもよい。

危険やトラブルを察知、上手に避ける

今の人は、自分の感覚よりも、知識を頼りにしています。

知識は、信じやすいし、人と共有しやすい。誰しも、学ぶことで、知識を蓄えることができます。

たとえば、美術館で絵画を鑑賞するときも、こういう時代背景で、こういうことが描かれていると、解説を頭に入れます。そして、解説のとおりであるかを確認しながら鑑賞しています。しかし、それは鑑賞ではなく、頭の学習です。

鑑賞を心から楽しむためには、感覚も必要です。

感覚を磨いている人は非常に少ないように思います。

感覚は、自分で磨かないと得られません。絵画を鑑賞するときは、解説は忘れて、絵画が発しているオーラそのものを、自分の感覚の一切で包み込み、受け止めるようにします。このようにして、感覚は、自分で磨けば磨くほど、そのものの真価を深く理解できるようになります。

感覚を磨いている人は、日常生活においても、有利に働きます。まず、間違いが少なくなります。知識や経験に加えて、感覚的にも判断することができるので、身の回りの危険、トラブルなどを察知し、さっと上手に避けることができます。

昔は人間にも動物的な勘が備わっていましたが、文明の発達で、勘を使わなくても生きていけるようになったので、鈍ってしまったと言われています。

虫が知らせる、虫が好かない、という表現がありますが、虫というのは感覚。自分のなかに虫がいて、それが非常に感覚的に優れていたから、虫にたとえた言い方をしていました。

世の中の風潮は、頭で学習をすることが主体で、自分の感覚を磨く、ということはなおざりにされています。たいへんに惜しいことです。

知識に加えて、
感覚も磨けば
ものごとの真価に近づく。

虫が知らせる、
虫が好かない、を大切にする。

外国との付き合いによって気づかされる

私は、友人の誰よりも長生きしてしまっていますから、折にふれて、志高く、生きた友人たちのことを思い出します。

なかでも、エドウィン・ライシャワーさんと夫人の松方ハルさんは、私と同じ世代で、いろいろと思い出があります。

お二人が駐日アメリカ大使夫妻として、東京に住んでいたときのことでした。私は、随筆を書いていて、あらっ、これはいつだったかしら、と思って、エドウィンとハルさんが同じマンションの最上階に住んでいたときに、聞いたことがありました。そうすると、エドウィンは、それは応仁の乱の前ですから、とすぐに教えてくれました。日本の歴史を熟知している学者にはかなわない、と感服しましたが、相当な日本通でした。

彼は、戦後まもない日本とアメリカの折衝《せっしょう》で、両国のパートナーシップを築くなど、大切な責務を担っていましたが、日常生活においても、日本の文化を深く理解し、実践に生かしている人でした。

たとえば、ある暑い夏、さーっと夕立が降ったあとのことです。

彼は、空を見上げて、「いいおしめりですね」と私たちに言いました。「今どき『おしめり』なんて高級な日本語を知っている日本の人は、あんまりいませんよ」と私が言うと、「そうですか」と言いましたが、別のときには、「根回しが足りなかったんですね」と言ったこともありました。

彼は、日本文化の魅力を心で受け止め、「おしめり」という言葉の持つ、深い情緒を理解していました。「雨が降って涼しくなった。よかった」と言うのと、「いいおしめり」と言うのとでは、雲泥《うんでい》の差です。

「おしめり」のような、日本独特の情緒と表現の仕方、英語には同じ言い回しはありません。アメリカと日本の両方に熟知していたからこそ、彼は、日本人が忘れ去るのは惜しい、と思いながら、使っていたように思います。

日本人が忘れた日本の美しさ、懐かしさは、外国との付き合いによって、気づかされることがあります。今の私たちは、せっかくの美しい日本語を、文化として、次の世代に伝えきれていないように思います。

エドウィンとハルさんの願いは、アメリカと日本の架け橋になることでした。自分たちを無にして、尽力されていました。世の中には、ときどき、お二人のような、立派な人がいるおかげで、社会は浄化され、なんとかもっているのではないかと思います。お二人は死後、二国間を隔てる太平洋に遺灰が撒《ま》かれることを希《ねが》っていました。

忘れ去るのは、
あまりに惜しい。
外国の人が教えてくれる
日本の美しさ。

せっかくの美しい日本語を
次の世代に伝えたい。

平和な心を育てる

ジョン・D・ロックフェラー三世（一九〇六〜七八年）は、父のジョン・D・ロックフェラー・ジュニア（二世）の遺志を継いだ、たいへんな慈善家でした。慈善活動を行うために母体となる財団を幾つも設立し、公共、私立の文化、教育、医療機関などへの支援を熱心に行っていました。その支援は、米国内にとどまらず、戦後のアジアとの文化交流を円滑化させるため、アジア・ソサエティを設立し、財政破綻をしていたジャパン・ソサエティも復興しました。

巨万の富を得た一族の長男自らが、生涯を慈善事業に費やした、桁外れのスケールの一端を、その時代、アメリカで作品を発表していた私は、垣間見ることがありました。

ジョン・D・ロックフェラー三世のブランシェット夫人に、何回か食事に招かれ、また、ジョン・D・ロックフェラー二世が寄贈したメトロポリタン美術館の別館、ハドソン河沿いのクロイスターズ美術館にも案内していただいたことがあります。すばらしい庭園を抜けると、河岸には舟が係留されており、ハドソン河の遊覧を楽しむことができました。マーク・ロスコ、ウィレム・デ・クーニングなど、当代の抽象表現主義の旗手といわれた画家たちの絵、そして私の絵もクロイスターズ美術館に、当時保管されていました。

ブランシェット夫人もまた、慈善家として忙しく過ごすかたわら、アジアのアート、そして近代アートの支援と収集を熱心に行っていました。戦後まもない年から、積極的にニューヨークの近代美術館の運営に関わり、理事も務めていました。彼女には私設のキューレーターが数名おり、収集するアート作品の候補を選んでいました。私の作品展のときもそうでしたが、最初は一人が観に来て、その人がいいと思ったら二人目が観に来ます。二人以上のキューレーターが推薦すれば、収集の対象となりました。

そのことを私が知ったのは、二人目が観に来たとき、たまたま私もギャラリーに居合わせたからでした。ギャラリーのオーナーに、あの人はロックフェラー夫人のキューレーターだから、あなたはすぐに隠れて、と言われました。美術批評家もそうでしたが、キューレーターもまた、作家に会うことで、作品への厳選な判断が損なわれることを嫌ったのです。身を隠した私に、オーナーが事情を説明してくれました。

また、ニューヨークのリンカーンセンターで公演されたメトロポリタンオペラのボックス席に招かれたときのことでした。

リンカーンセンターは、ジョン・D・ロックフェラー三世が主軸の一人となって設立された総合芸術施設で、のちに彼は、リンカーンセンターの会長、名誉会長に就任しました。ボックス席は、ロックフェラー家が年間購入したもので、ブランシェット夫人は、チェック柄のスーツ姿で現れました。その前にお目にかかったときと、まったく同じ身なりでした。

当時、世界一のお金持ちと称されていた一族でしたから、私は、偶然、続いたのだと思い、お付きの人に、「ミセス・ロックフェラーは、よほどチェック柄のスーツがお気に入りなのですね」と言いました。すると、「ミセス・ロックフェラーは、お気に召した洋服は、同じものを二十着ぐらいはお作りになります」。

それを聞き、私は、これは話にならない、と思いました。高級ブランドを取り換え引き換え着て装うという次元ではない。いつも同じ服、それでかまわなかったのです。自分を見せびらかすという感覚がない。乗せていただいた車もそうでした。型が古く、オールドスタイルと言っていました。しかし、エンジンは最新のものを搭載していました。

美術家がゆえに、私は、こうした世にも稀《まれ》な人に会うことができたわけですが、ジョン・D・ロックフェラー三世のご実家は、世界の美しいアートや工芸品に囲まれていたそうです。

それは、ご自分たちが好きだったということもありますが、子どもたちが物心ついたときから、世界中の「美」に触れていれば、おのずと、その

「美」を生み出した文化とその人々に対して、敬愛の念が培われるという、ご両親のジョン・D・ロックフェラー二世とアビー夫妻の教育信念によるものだったそうです。

美しいものは、多少の好みはありますが、どの国の人も美しいと感じます。そうした敬愛の念を抱けるものが地球上で増えれば増えるほど、共通の心を持つ人は多くなり、価値観の違いや自己の利益を第一にした戦争は少なくなっていく。そう考えたのではないかと、私は思います。

どの国の人にも美しい、
と感じるものが
増えれば増えるほど、
共通の心が広がる。

世界一のお金持ちは、
いつも同じ服でも気にしない。

あらゆる人に平等で美しい

芸術は、あらゆる職業、あらゆる階級、どの人にも平等に、「美しい」というのはどういうことか、なにがほんとうに「美しい」のかを考えさせる存在だと思います。そのため、私は自分の作品を介して、あらゆるかたに会いました。

そのなかで、外国の王室のかたが、東京のアトリエに訪ねてくださったのは、おそらく、このかたが最初で最後のこととなるでしょう。

人口約五十万人で、私がご訪問を受けた一九九九年は、一人当たりの国民総所得が世界一位のルクセンブルク大公国のジョゼフィーヌ・シャルロット大公妃（一九二七〜二〇〇五年）です。ジャン大公とともに、国賓として来日されていた間、私のアトリエを訪ねたい、とご所望されました。

ルクセンブルク大公妃は、ベルギーのレオポルド三世国王のプリンセスとして生まれました。少女のころ、父が運転する車の事故で、母のアストリッド王妃を亡くし、第二次世界大戦中は、ナチス・ドイツの占領下、一家は監禁され、一時期、スイスに亡命しました。

亡命のときの様子を、スイスの国境まで裸足で逃げて、一歩入ったそのとき、やっと助かった、心底ほっとしました、と大公妃は述懐されていました。足は血まみれだったそうです。

王室のご身分で、ヒットラーに狙われたら、戦時中は、生きた心地はしなかったことでしょう。戦後、のちのルクセンブルクの大公となる、ジャン大公世子とご結婚されたのですが、まさしく二十世紀の歴史を背負われたかたでした。

私とは、置かれた境遇も、身分も違いますが、同じ第二次世界大戦中、食べるものがなくて、野生のタンポポを口にしたという逸話を持つ大公妃と、地面にひょろひょろと生えている草があれば、食べられるかしらと思って見ていた私。東と西の別々の地で、それぞれ異なる境遇で、死と隣り合わせになりながら生き抜き、出会ったことを、私は感慨深く思いました。

大公妃は絵のたいへんお好きなかたでした。私たちは、フランスの画家の話など、アートの話に余念がありませんでした。大公妃はもっと話していたかったようでしたが、十数名の身辺警護のもと、一分たりともスケジュールを遅らせるわけにはいかず、定刻どおりにご出発されました。私も、名残惜しい思いでお別れをいたしました。

芸術を愛する人の心は普遍的で、人と人に、実り豊かな縁をもたらします。この普遍性が、世界の平和の一助になることを、いつか地球上から戦争と飢餓がなくなる日が来ることを、私は願っています。

人との競争で
生き抜くのではなく、
人を愛するから生きる。

地球上から、
戦争と飢餓がなくなることを願う。

第四章

昔も今も生かされている

よき友は、自分のなかで生きている

　年老いて一人身でいる私を、哀れだと思ってくださるのか、年中、あちらこちらから、季節や土地の美味が送られてきます。なかには、年中行事のようになっているものもあり、私には、それが季節の便りとなって、たいへんありがたく頂戴しています。

　人への贈り物は、ただあげればいいと思って、適度に見栄えがするものを選ぶ人、いい人なのだけれど気の回らないものを選ぶ人、そして、あの人はこういう人だから、こういうものを差し上げたいと、その人の気持ちに寄り添って選ぶ人がいます。人それぞれが持つ感覚によって、表れ方もずいぶんと変わってくるようです。

そして、現実的には、誰しも、物をいただいて悪い気はしないものです。

吉田兼好も『徒然草』に、よき友は物くるる友、と書いています。

鎌倉時代にも、気前よくいろんな物をくれる人と、けちな人がいたのでしょうか。昔と今とでは、なにをありがたいと思うか、なにを嬉しいと思うかは、社会が違いますから、おのずとその中身も違うと思いますが、物をくれる友をありがたいと思う人間の本性は、一千年経っても同じだということがわかります。そうした変わらない人間の本性を観察した名筆だからこそ、今でも読み継がれている、ということもわかります。

一方で、『徒然草』など、たいしたことない、と言っている人もいます。

芥川龍之介は、日本の古典として名高いのは、ほとんど不可解である。中学程度の教科書に便利であることは認めるけれども、と書いています。事実、そうだと私も思います。それこそ、芥川さんのような人には、朝飯前で書けてしまうようなものでしょう。

しかし、それは、裏を返せば、誰が読んでも、ああそうだと、合点がいくことが書かれているということです。言うなれば、常識とされていることの、ほんのちょっと先をいったぐらいの内容だということです。一歩ではなく、半歩先。なんでもないことが実は大切だということを、言外に、芥川龍之介は認めていたのかもしれません。

ちなみに、『徒然草』のよき友は、ほかに二つあります。医者と、知恵のある友。どちらも現実的で、正直です。つくづく人間の本性は昔から変わらないものだと感じます。

私のよき友たちは、語学に堪能で、枠におさまっていない、視野の広い持ち主でした。こちらが敬服するばかりの志で、なかには、東京の西町にインターナショナルスクールを創設した人もいました。

子どものころから、他の文化圏の子どもと接することで、互いを理解し、世界の平和に貢献できる、と考えた彼女は、身につけていた宝飾品も売り、私財をなげうち、さまざまな困難を乗り越えた末に、実現させました。

私のよき友たちの志は、私のなかで、ありありと生き続けており、私を誇らしい気持ちにさせます。

志ある友は、
友であることが
誇らしい気持ちになる。

物くれる友は、
やはりありがたいけれど。

物は思い出の水先人

近ごろ、私の身のまわりでは、欠けたり、はがれたりして、ガタがきている物がポツポツと出てきました。あるじが、思いもかけず長生きしてしまっているのですから、すっかり疲れ果ててしまったのでしょう。

これまで、私は、買うことを目的にして出かけたことは、ほとんどなく、訪ねた先でたまたま出会い、縁のある物を手に入れてきました。そうした物は、物が水先人となって、私を、昔懐かしい人、懐かしい時間へと引き戻してくれます。

おそらく誰にも、そんな思い出の一つや二つ、あると思います。

私は、五歳から親しんできた書を、今でもよく書いていますが、題材にしているのは、自分の好きな古典の歌です。そして、昔は、国民的な詩人だった三好達治さんの詩が好きでよく書いていました。有名な詩集『艸千里《くさせんり》』は、丸暗記してしまったほどです。三好さんの詩は、古典的な調べなので、古今集を書いているようなリズムで、書けたことも一因でした。

三好さんに、初めて会ったのは、戦後まもなく、文藝春秋の本社が銀座八丁目にあったときでした。文藝春秋の地下の文春クラブでお茶をしていたところ、ちょうど、三好さんもお茶をしていました。私が三好さんの詩を好きなことを知った編集者は、すぐその場で引き合わせてくれました。しばらくお話をしていると、三好さんが、今日はこれから上野のほうの古道具屋をまわろうと思うから、一緒にいらっしゃい、と言って、初めてお会いしたその日に、古道具屋をまわることになりました。

あるお店で、三好さんが、黒漆の筆箱を見つけて、桃紅さん、これをお買いなさい、と強い口調で言ったので、私は言われるがまま買い、ほかのお店では、藍染の文様入りの陶筆を手にして、これは汗ばまないから、と言って、プレゼントしてくれました。

三好さんは、古道具屋を巡るのはたいへんに好きだと言い、ご自分には、好きなお酒を注ぐ伊羅保《いらぼ》焼の徳利《とっくり》などを買い、私たちは、日本橋で食事をしてから帰りました。

また、これはある晩のことでしたが、小料理屋で食事をしていると、お店の柱に胡蝶《こちょう》が止まりました。三好さんは、お店の主人から、品書きを書く経木《きょうぎ》を一枚もらうと、さっと、俳句を書き付けました。

秋深し　柱にとまる　胡蝶かな

六十年ぐらい前のことでしたが、私の手元にある、筆箱、陶筆、俳句が書かれた経木は、いつでもその日のことを、鮮やかに思い出させてくれます。

懐かしい人との時間は、
鮮明に生き続けている。

思い出の物が、
昔と今をつなげる。

悩み苦しむ心を救った日本の文学

少女時代に読んだ文学は、今でも、時折、思い出すことがあります。

そのころの私に、なんらかの影響を与え、私も、共感を覚えたからなのですが、と同時に、明治、大正期の日本は、文化に強い憧れと尊敬を持っていた時代だったことも、関係していると思います。

文学者などの知識人たちは、トルストイ、ヘルマン・ヘッセ、リルケなど西欧の文学を熱心に読み、丸善には、それらの原書と翻訳本が揃えられていました。芥川龍之介は、ヨーロッパの世紀末そのものだと言っていましたが、ヨーロッパとロシアの本が並んでいました。

その後の昭和期を経て、平成期の今、あらためて思うことは、明治、大正期は、今の日本の文化の基礎だということ、あの時代を生きた夏目漱石、芥川龍之介、室生《むろう》犀星《さいせい》、菊池寛などの文学者たちは、日本人らしい日本人で、彼らが近代の日本の土台をつくったことを感じます。

しかし、私が好きだった文学者は、長生きしませんでした。夏目漱石、芥川龍之介、太宰治、みんな若くして亡くなりました。夏目漱石は、精神的ストレスから胃弱で、大正初期に病死し、芥川龍之介と太宰治は昭和期に自殺。テレビがまだなかったので、私はラジオで知りました。

夏目漱石は、父が同じ慶応三年に生まれたことから、私たち家族は身近に感じて育ちましたが、私は、夏目漱石の門下生、芥川龍之介、そして太宰治の本を、同時代に読んでいました。一度、フランク・ロイド・ライトが設計した帝国ホテルで、芥川龍之介を見かけたこともあります。宴会の後なのか、羽織袴《はおりはかま》姿の正装で中央の階段を降りてきました。彼は、たいへんに頭の切れる人だったので、戦争が影を落としていた昭和初期、世を見据えて、ばかばかしくなってしまったのだろう、と言う人がいました。毎日、眠れず、ベロナールという睡眠薬を飲んで寝ていたそうで、致死量を飲んで自殺してしまいました。

太宰治は、東北の近衛《このえ》家と言われた大地主の家に生まれ、生まれながらにして自分は罪が深いと感じて、「生れて、すみません」と書き残しています。小作人たちが雨の日も風の日も身を粉《こ》にして働いているのに、自分たちはぬくぬくと暮らしている。世の中に絶望し、睡眠薬を飲むようになり、自分で自分を壊して死んでしまいました。

彼が自殺したのは、終戦直後だったので、私は、戦後のニューヨークで、太宰治の英訳書『ザ セッティング サン（斜陽）』を書店で見かけたとき、太宰さんもニューヨークに来ていたら、自殺しなくてもすんだかもしれない、とふと思いました。

二人とも三十代の若さでしたが、常識とされていた意見に対して、勇敢に否定し、自分の判断をはっきりと口にしていたと思います。そして、人を慈しみ、愛する気持ちが強かったからこそ、苦しんだのだと感じます。

これまでたくさんの人に読まれて、どれほどの影響を与えたのかは、はかり知れませんが、救われた人はずいぶんいたのではないでしょうか。少なくとも、こんなに悩み苦しんだ文学者がいた、と知るだけでも支えになったと思います。

人がどう生きるかは永遠のテーマで、正解はない、ということも、彼らは身を挺《てい》して教えてくれたように思います。

身を挺《てい》して、
悩み苦しみを書き著《あらわ》した
天才・芥川と太宰。

人はどう生きるべきか、
永遠のテーマで正解はない。

どうして傲慢になれましょうか

私が、初めて身内の死に接したのは、五歳のときでした。一番上の姉が肺結核にかかり、私たち家族は、姉のために空気の清浄な土地に引っ越しましたが、願いは届かず、十六歳で亡くなりました。

その後、家族は東京に戻り、私が女学校を卒業して、書を教え始めていたころ、今度は、六歳上の、二番目の兄が肺結核に感染しました。兄は、大学を卒業し、就職して数年後の二十代で亡くなりました。戦前の肺結核は、死にいたらしめる不治の病でした。

彼は、私の自慢の兄でした。背が高くハンサムで、頭脳明晰《めいせき》。漢詩を詠み、書も私よりはるかに達筆でした。そのうえ、スポーツもできて、絵に描いたような秀才でしたので、女生徒たちの人気の的でした。毎朝、兄宛に、たくさんのラブレターが郵便受けに届けられ、郵便物を取りに行くことが日課だった私は、それらを兄に手渡していました。兄は、差出人が女性だとわかると、まるで興味のない様子で、開封せずに破り棄てていました。

私の文学的素養は、兄のおかげで培《つちか》われたといっても過言ではありません。兄は、あらゆる文学全集を読み揃えていましたので、私は、よく借りては読んでいました。兄が亡くなったとき、私は、母と二人で、兄が書き残した日記を読んで泣きました。とてもいい兄でした。

その次に、二番目の姉が亡くなりました。二番目の姉は、私より三歳上で、同じ女学校に通っていました。だから私は、学校では、二番目の姉がやるようにやればいいのだと思っていました。二番目の姉に誘われて、近くの教会へ通ったこと、父が歳の近い私たち姉妹を買い物に連れ出してくれたことを思い出します。

二番目の姉は、幼い兄と、生まれたばかりの弟を残し、病死しました。その幼い兄も、成人すると水死しました。泳ぎが得意で、おぼれた人を海で救命したこともある彼は、緊急を要する土木作業のために、濁流の川を横切ろうとして、川の瀬に巻きこまれました。彼もまだ二十代でした。

次から次へと、身内、友人を失くし続けて、私は、運命というものの前に、人はいかに弱いものか、ということを若くして知ったように思います。

弱いというよりも無力で、なんの力もない。どんなに愛する人でも、さっと奪ってしまいます。運命には抗《あらが》えない。私は、身の程をわきまえ、自然に対して、謙虚でなくてはならないと思いました。人が、傲慢《ごうまん》になれる所以《ゆえん》はないと思っています。

運命の前では、
いかなる人も無力。
だから、いつも謙虚でいる。

どんなに愛する人でも、
いつ奪われるかわからない。

生かしていただいている

私自身、これまで何回か、死にかけたことがあります。

最初は、第二次世界大戦中の米軍による空襲のときでした。東京にはすっかり食べるものがなくなり、疎開先を見つけたものの、列車の切符が手に入らず、東京にいたところ、家に焼夷弾が落ちました。私は、防空壕に入って、難を逃れましたが、家は燃え、米軍機が去ったあと、必死に火を消して、半焼にとどめました。

その後は、疎開地でのことでした。老いた両親、身ごもった妹の四人で福島の山村で生活していたのですが、慢性的な栄養不足に加えて、私が、住んでいた山の上から平地の農家まで往復八キロ以上を歩き、父の紋付の羽織袴をお米や野菜に交換してもらっていたので、すっかり衰弱していました。

終戦を迎えた翌年のようやく訪れた春先、熱が下がらず、咳もとまらなかったので、村の診療所の女医さんに診察してもらったところ、肺結核だとわかりました。肺結核は死病でしたが、そのとき、女医さんが私に言ってくれた「時に適《かな》う言葉」のおかげで、いったんは、絶望の淵に落ちましたが、その場で気力を取り戻し、二年後に回復することができました。

それは、「治りますよ」という言葉でした。

肺結核であることを直感して、「肺……」と尋ねた私に、彼女は「そう……」「でも治りますよ」と間髪入れずに言ってくれたのです。そして「幸いにして、ここは、空気はいいし、水もいいです。ヤギのミルクも卵も鶏もありますから、栄養を摂《と》って養生すれば、結核菌を抑えこむことはできます」と、私が前向きに闘病するよう、希望を示してくれました。

旧約聖書に、「時宜《じぎ》に適って語られる言葉は、銀の器に盛る金のリンゴのごとし」という一節がありますが、彼女が言ってくれた言葉は、まさしくあの瞬間、私が必要としていた、金のリンゴでした。

このほかにも、何回か生死を分けることがありましたが、その都度、私は人に救われ、生かしていただきました。私がこうして長生きしていられるのは、時宜に適って、救ってくれた人に巡り合えたからです。

時宜《じぎ》に適《かな》って、
人は人に巡り合い、
金の言葉に出逢う。

医者の「治りますよ」で、
私は死病から生還した。

争いごとを避けて、風流に生きた父

私の父は、人との争いごとやいくさの嫌いな人でした。

もともとの出自が岐阜の大地主の長男で、名前が頼治郎《らいじろう》だったことから、頼《らい》様、頼様、と呼ばれて、大切に育てられたことも関係しているのでしょう。

十何代か続いてきた父の実家は、漢学者の頼山陽《らいさんよう》、三男の頼三樹三郎《らいみきさぶろう》が、京都から定期的にやって来て、離れに泊まり、漢学や歴史の講義をしていたほど、学問に熱心で、父のときは、明治天皇の「天皇之印」という御印をつくった、遠戚の篠田芥津《かいしん》から、書、歴史、漢学、篆刻《てんこく》を習っていました。

父は、篆刻、謡《うたい》、書、漢詩を趣味として、漢詩については、漢学者の杉山《すぎやま》三郊《さんこう》の直弟子となって、熱心にやっていました。風流に生きた人で、庭は植木職人とともに作庭し、床の間などの季節のしつらえも、自らがこまやかに心を配っていました。そして、人は剣を交えるのではなく、学問を身につけることを説いた福沢諭吉の思想を尊敬し、息子を慶應義塾に入れました。

私の美意識は、そんな父のもとで育った日常の中で、ずいぶんと培われたのだと思います。しかし、そんな父と私は、移り変わる時代の価値観の違いから、時折、衝突することもありました。

父は、慶応三年に生まれ、その半年後ぐらいに、元号は明治に変わり、武家社会から近代化へと発展していくなかで育ちました。江戸時代の儒教の教えが色濃く残るなかで、新しい西洋文化にもひかれ、ハイカラなことを先んじてやる人でしたが、娘たちの教育については、儒教そのもので、男女七歳にして席を同じくせず、を実践していました。

私たち姉妹は、友達の家に遊びに行き、帰宅で友達のお兄さんに見送られることすら禁じられ、泊まりがけの修学旅行も許されませんでした。いつまでも結婚しない私に、結婚するようにと遺言を残したのも父でした。

家ではたいへんに怖い存在でしたが、父の遺言を思うと、私に言っておきたいと思ったことは、たくさんあったのかもしれないけれど、なにも言えなかったのかもしれない。折りに触れて、表現していたのかもしれないけれど、私には伝わっていなかったことが、ずいぶんあったのかもしれない、と想像することがあります。

親子といえども、
伝ええぬこともあった
のではと想像する。

いつの世も、人は時代の子。

全人類が価値を認めて愛するもの

価値観は、時代によって移り変わります。

たとえば、北斎などの江戸時代の浮世絵は、引っ越しのときのお茶碗を包んでいたこともありましたが、今は、オークションで版画史上最高の値を付け、名だたる美術館で観覧する貴重なアートです。

あらゆることが、時代とともに移り変わり、私のように百年も生きていると、たった百年でも、その変わりようは激しく、いったい、この世に、人類とともにその価値が失われないものはあるのだろうか、と考えさせられます。

非常に長く人類に愛されてきた、というものはたくさんあります。文学、芸術などに見いだすことができるでしょう。しかし、未来永劫《えいごう》、人類が愛するのか、というと、それもまたよくわかりません。

それでは、私たちが文句なしに愛し、文字どおり、全人類がその価値を認めざるをえないものはないのでしょうか。

それは母だと言った人がいます。

母がいるから、人は生まれ、母性に見守られて、育つ。神様の次に、全人類がその価値を認めざるをえないし、未来永劫、人類が存続するかぎり、尊い価値であることに変わりはありません。

私は、母というものにならなかったので該当しませんが、自分の母を思い起こすと、夫に黙って従い、自分を無にして、家族のために尽くした人だったと思います。

明治生まれの母は、結婚する以外の選択肢すら、生きていくためにはありませんでした。私が、自らに由《よ》って生きていく道を選んだとき、やりたいようにやりなさいと言ってくれたのは、母でした。

未来永劫《えいごう》、
全人類にとって
ありがたい、
母という存在。

行きたい道を行きなさい、
と言ってくれた私の母。

自分が立ちうる場所に感謝する

私には、五十年来、手元に置いている書があります。

「わが立つそま」

文学の上で、この言葉は、自分が立ちうる場所、自分が立っている場所を意味します。

「そま」は漢字で「杣」と書き、滑り落ちそうな山の斜面にある、ほんの少し平になった場所を指します。修行僧や登山に入る人たちが、ほんのひととき安心して休める所で、昔は木こりを杣人とも言っていました。この「杣」という言葉を用いて、最澄は比叡山に延暦寺を建立したとき、歌を詠みました。

阿耨多羅三藐三菩提《あのくたらさんみやくさんぼだい》の仏たち　我が立つ杣《そま》に冥加《みようが》あらせ給《たま》へ

（新古今和歌集）

自らが立つ杣に、仏の恵みをお願いします、と最澄は祈ったのです。山の斜面に見つけた、つかのま安心できる小さな場所を、自分が立ちうる場所という意味に重ねたのです。

人生は長く、平坦ではありません。それこそ山あり谷ありです。そのなかで、やっと、つかのま安心できる小さな場所を見つけた。そのことに感謝し、神仏のお恵みがありますようにと、いつの時代も、祈る心は変わらないのでしょう。

そして、最澄に継いで、のちに四回、延暦寺の座主《ざす》（僧侶の最高職）に就いた前大僧正慈円《さきのだいそうじょうじえん》も、わが立つ杣を歌に込めました。

おほけなく憂《う》き世の民におほふかな　我が立つ杣に墨染《すみぞめ》の袖

（千載《せんざい》和歌集）

小倉百人一首にも選ばれている歌なので、馴染みがあると思います。「おほけなく」は、「我が身に過ぎることですが」という意味で、「憂き世の民におほふかな」は「この世の人々を思う」。墨染の袖は僧侶の衣ですから、慈円は出家することで、自分の立ちうる場所を見つけた、と歌ったのです。

人生のなかで、自分が立ちうる立場は、そうどこにでもあるわけではありません。それだから、ようやく得たときは、感謝の思いを歌に込めています。私が今の場所に引っ越したとき、「わが立つそま」を書き、書斎にかけました。ある日、どうしても、と所望する若い友人に譲りましたが、百歳を過ぎて、私の手元に戻ってきました。自分の「わが立つそま」、これは私の手元にあるべきものだなと、今は手放さず大事にしています。

人生は山あり谷あり。
ようやく平地を得たとき、
感謝して大事にする。

どんな斜面にも、
つかのま安心できる場所がある。

唯我独尊に生きる

長生きをしていると、どのように暮らしているのですか、と尋ねられることがあります。

特別なことはなく、私の衣食住は、なに一つ変わったことはありません。住は、半世紀以上前から同じ場所に一人で住み、食は、ごく普通の三度の食事と、おやつを毎日のように食べて、衣は、少女のころから変わらず、着物です。着物の好みも、若いときから一貫しているので、何十年来、同じものを着ています。アメリカで暮らしていたときも、着物と草履《ぞうり》でした。

一種、唯我独尊《ゆいがどくそん》で、環境や流行などにとらわれたことはなく、人の目がどうであろうと関係なくやってきたように思います。周囲と違っていると自覚しても、人と違っていいのだと自分に言ってきました。

老いては子に従え、ということわざもありますが、私には子がいませんので、従う人がいません。

ですので、周囲の若い人が果たして私をどう見るだろう、と想像して、あのようなみっともない歳のとり方はしたくない、と思われないようにしたいと思ったりはしますが、それすらも、若い人にどう思われようと、ここまで老いれば、どうしようもない。自然というものには勝てっこないのだから、自然にまかせようという気持ちがあります。

思い起こせば、戦前の女学校時代までは、日常のなかに日本の文化がありました。ですから、着物は、普段着であり、あらゆる場面での正装でした。

しかし、戦後、着物は、衰退の一途をたどり、二十年前に、大事に持っている業平菱《なりひらびし》文様の刺繍帯を、京都の職人に見せたところ、鋼鉄の質が悪くなり、細くて折れない針を作る職人もいなければ、道具もない、と言われました。刺繍針がないので、昔のような見事な刺繍を施す職人もいなくなります。

これはほんの一例です。着物の文化、ひいては日本の文化は、末端のほうから途絶えています。私のように、普段着が着物の人も、ほとんどいなくなりました。

自分の心が一番尊い、
と信じて、
自分一人の生き方をする。

着物の文化、日本の文化は、
末端のほうから途絶えている。

作品を収蔵する主な美術館

アート・インスティテュート・オブ・シカゴ
イェール大学付属アートギャラリー（コネチカット）
オルブライト＝ノックス・アート・ギャラリー（ニューヨーク）
菊池寛実記念　智美術館（東京）
岐阜県美術館
岐阜現代美術館
クレラー・ミュラー美術館（オッテルロー）
グッゲンハイム美術館（ニューヨーク）
シンガポール・アート・ミュージアム
シンシナティ美術館
スミス大学付属美術館（マサチューセッツ）
スミソニアン博物館（ワシントンD.C.）
大英博物館
ティコティン日本美術館（イスラエル、ハイファ）
デン・ハーグ市美術館（オランダ）
ベルリン国立博物館東洋美術館
東京国立近代美術館
富山県立近代美術館
新潟市美術館
フォッグ美術館（マサチューセッツ・ハーバード大学）
フォルクヴァンク美術館（エッセン）
ブルックリン美術館（ニューヨーク）
ボストン美術館
北海道立函館美術館
メトロポリタン美術館（ニューヨーク）

作品を収蔵する主な公共施設など

アメリカ議会図書館（ワシントンD.C.）
東京アメリカンクラブ
川崎市国際交流センター
京都迎賓館
京都大学福井謙一記念研究センター
皇居、御食堂
皇室専用の新型車両
国際交流基金（東京）
国際協力機構大阪国際センター
国立代々木競技場貴賓室
国立京都国際会館
増上寺本堂（東京）
在フランス日本国大使館（パリ）
在アメリカ合衆国日本国大使公邸（ワシントンD.C.）
日南市文化センター（宮崎）
日本外国特派員協会（東京）
日本銀行（東京）
ローマ日本文化会館
沼津市庁舎
フォード財団（ニューヨーク）
ポートランド日本庭園（米国、オレゴン）
ロックフェラー財団（ニューヨーク）

ほか多くの企業、ホテルなどに収蔵されている。

解説

千住 博

篠田桃紅さんは、幼い頃から書に親しみ、書を学んだことで、美術家として、色、道具というものに、初期から極めて限定的に、自分の技法を絞り込んでいます。

美術家というのは、道具でものを考えます。平筆を持ったら平筆の幅でものを見ますし、細筆を持ったら細筆の幅でものを見ます。道具の幅で思考するのは、表現者のいろはの「い」なんですね。

桃紅さんの場合、墨、筆、刷毛《はけ》といった道具に限定してスタートしたことで、ご自分の土俵を獲得し、そのなかで非常に感覚的なこともふくめて、さまざまな実験をされて、独自の世界観を創られたのだと思います。

僕が、桃紅さんの作品を最初に買ったのは、十五年ほど前のアートフェアでした。墨で描かれた作品を一目見て、飛びつくように買いました。素晴らしい作品で、僕はその作品がなければ生きていけないと思ったほどです。

いい絵というのは、理屈を超えて、これがなければ生きていけないと思わせてくれます。お金を払ってでも欲しい、と思うことが絵を買うという行為で、絵を買うことは、実は崇高な行為です。

常々、言ったり、書いたりしていますが、美術というのは、目に見えないものを見えるようにすることです。たとえば、ただ赤いバラが描いてあるだけでは、誰も感動しません。それだったら、本物の赤いバラを見たほうがよっぽどマシです。見えない何かがそこにあって、見る人の心を強く刺激し、深い感銘を与える。心に働きかけてくれる存在の一つが美術です。

僕は、あまり人の絵を買うことはしませんが、桃紅さんの絵には、ほんとうに惹きつけられて、今ではちょっとしたコレクターです。何作も東京の部屋に絵を飾っていますが、いつ見ても、僕にとってある種の杭のような存在です。朝見たらこう感じた、つらいときに見たら別に見えた、という話ではなく、もっと絶対的な普遍性、変わることのないスタンダードが見えます。

それは、窓のなかで無限に広がる抽象世界です。窓は絵の画面で、その窓を通して覗き込むと、画面を超えて内側に世界はどこまでも広がっていく。どの絵も、桃紅さんの想像力は広大で、無限の空間があります。独特の抽象感覚を本能的に持っておられるのでしょう。

そして、もう一つ僕が指摘したいことは、桃紅さんの絵が抽象に加えて、さらに「無対象」である、ということです。「無対象」というのは、葉っぱを描いたとか、花を描いたとか、といった描写対象がないことを意味します。「無対象」を始めた画家に、ロシア系の画家カジミール・マレーヴィチ（1878〜1935年）がいました。彼は、抽象絵画を手がけた最初の画家で、「無対象」を主義とした「シュプレマティスム（絶対主義）」を切り拓《ひら》いた人物です。精神と空間の絶対的自由を追究し、その表現は、どんどん省かれ、白黒になっていきます。

強いて言えば、桃紅さんはマレーヴィチに近い、と思います。しかしもちろん、マレーヴィチとは違います。「シュプレマティスム」に感化されたかもしれませんが、その虚無的な世界観に留《とど》まらず、墨、筆、刷毛の豊穣な魅力に引っ張られ、独自の宇宙を見出した。さらに、時として書はそれを補い、かつ補われるかたちで用いられています。

そもそも、美術史や絵画の歴史など、桃紅さんは重要視されていないように見受けられます。彼女の根本にあるのは、あくまでも墨を信じて、墨にすべてを捧げること。そのことによって奏でられる独創の世界です。バックグラウンドが書だった。それが全財産だった。墨以外に色数が増えたのも、墨を美しく見せるための朱色、墨が映えるための金箔やプラチナ箔などの金属箔。ご自分の感性と墨の美しさに全幅の信頼を置いた仕事をされている。まさしく孤高のジャンルで、一人一派です。

僕は長年、ニューヨークと東京を拠点にしていますが、ニューヨークは常に多様性に満ちた街です。そのニューヨークは、現れた優れた個性は必ず評価します。一九五六年に初めて渡米した桃紅さんの絵は、以来、一流ギャラリーで発表されました。その時代は、アクリル絵具が発明され、テンペラ、油絵具など多様な技法に溢《あふ》れていました。東洋の墨を用いたからといって、それだけで注目されるほど、ニューヨークは甘くありません。桃紅さんの世界観が高く評価されたのです。墨は、あくまでも個人の非常に魅力的な画面を創るための、ユニークな道具だった。ニューヨークの自由な空気感を呼吸されて、ご自分の行く方向性が定まったのだろうと思います。

ですから、桃紅さんを通して、世界で日本の美が評価されたとか、東洋のエキゾチシズムが共有されたという話では決してありません。さらに踏み込んで言えば、僕は、桃紅さんの絵は日本的だとは思っていません。

日本的というのは、足元の浮世に注目することだったり、花鳥風月に身を置くことだったり、違和感のあるものを対比させたり。桃紅さんの絵に、それらの日本的なものは全くありません。抽象世界以外のなにものでもないのです。

もちろん、桃紅さんは日本語を母国語とする美術家ですから、日本の情緒は感じます。特に僕が感じるのは、日本のある時代の空気感です。彼女がどういう時代を生きてきたのか、手に取るように伝わってきます。東京オリンピック、大阪万博……、高度経済成長期に到達した、ある洗練の極みの美意識を窺《うかが》い知ることができます。少し前の時代で、今の最先端の空気感とは違います。

時代の最先端をいく美術は、時間が経つと、とかく古くさくなってしまい見られなくなってしまうことが多々あります。しかし、時代の先端から一歩引いて、どこまでも自分と向き合い、自分のペースで創作する人の仕事は、ずっと残っていくと僕は思っています。
よく言われることですが、今につながるのではなく、少し前の時代につながることで、未来につながる。そうした長いスパンにおいて、桃紅さんの絵は、未来の人が見たとき、あの時代の日本が獲得した普遍的な美意識はこうだったと言って、融通無《む》碍《げ》な芸術のもたらす可能性をしみじみと感得しているのではないでしょうか。

——日本画家

この作品は二〇一五年四月小社より刊行されたものです。

一〇三歳《さい》になってわかったこと

人生《じんせい》は一人《ひとり》でも面白《おもしろ》い

篠田桃紅《しのだとうこう》

平成29年4月15日　初版発行
令和3年6月25日　4版発行

発行人——石原正康
編集人——袖山満一子
発行所——株式会社幻冬舎
〒151-0051東京都渋谷区千駄ヶ谷4-9-7
電話　03(5411)6222(営業)
　　　03(5411)6211(編集)
振替00120-8-767643
印刷・製本—株式会社 光邦
装丁者——高橋雅之

幻冬舎文庫

ISBN978-4-344-42605-4　C0195　　心-2-1